Chwedlau o'r Gadair Wyllt/Tales From the Wild Chair
Lluniau/Pictures: William Brown
Geiriau/Words: Colin Jones

Cyhoeddwyd gan/Published by
Cadw Sŵn

www.cadwswn.com

Chwedlau o'r Gadair Wyllt
Tales from The Wild Chair

Colin Jones
William Brown

Rhagair gan/Forward by
Hywel Teifi Edwards

Hawlfraint/Copyright © Colin Jones, William Brown MMII – MMXIX
Cedwir bob hawl/All rights reserved

Rhagair	Forward
8	9
Rhagymadrodd	Introduction
10	10
Y Gadair Wyllt	The Wild Chair
11	11
Dyn y Fari	The Mari Lwyd Man
16	16
Llongddryllwyr Dwn-Rhefn	The Wreckers of Dunraven
21	21
Cantre'r Gwaelod	The Lowlands
26	26
Elidyr	Elidyr
32	32
Y Ferch o Gefn Ydfa	The Maid of Cefn Ydfa
39	39
Arthur	Arthur
45	45

'Paid ag eistedd yn y Gadair Wyllt;
mae'n beryglus.
Paid ag eistedd yn y Gadair Wyllt;
mae'n ddanjerus.
Mae'n enbyd.

Bydd y lluniau yn dy feddwl
yn rhy glir,
bydd y lleisiau yn dy ben
yn rhy hir...
felly paid gyfaill
er mwyn Duw...
...paid.'

'Don't sit in the Wild Chair,
it's dangerous.
Don't sit in the Wild Chair,
it's dangerous.

The pictures in your mind
will be too clear,
the voices in your head
will stay too long...
so don't friend
for God's sake...
...don't.'

Rhagair
gan Hywel Teifi

Mewn cyflwyniad byr i *March*, cywaith dwyieithog yr artist William Brown a'r bardd David Greenslade a ymddangosodd yn 1998, nodais fy mhleser o gael golwg ar Gymru trwy lygaid dau weledydd hyfryd o idiosyncratig a dyfeisgar. Ac yn awr dyma gyfle i groesawu cywaith dwyieithog arall, y tro hwn yn ffrwyth priodas doniau William Brown a'r cyfarwydd Colin Jones, sef *Chwedlau o'r Gadair Wyllt: Straeon Gwerin Tywyll yn Isymwybod y Cymry*.

Duw a ŵyr y mae digon o bethau rhyfedd ac ofnadwy yn isymwybod y Cymry i drethu dyfeisgarwch lleng o artistiaid ac y mae William Brown a Colin Jones yn ein hudo'n fabinogaidd i'r 'Gadair Wyllt' i glywed a gweld sôn am 'Dyn y Fari', 'Y Ferch o Gefn Ydfa', 'Cantre'r Gwaelod', 'Llongddryllwyr Dwn-rhefn' ac 'Elidyr'.

Penderfynodd William Brown roi lle darluniadol y march i'r wningen sy'n hoffi cerddoriaeth yn y cywaith hwn – aed y Cymry i'w hysymwybod am esboniad ar hynny! – ac y mae'n braf unwaith eto weld cyflwyno defnyddiau traddodiadol mewn ffordd mor ogleisiol sy'n ein denu i ymgolli yn yr hen chwedlau a chnoi ar eu hystyron o'r newydd.

Mewn pwt o ragair fe rybuddir y darllenydd rhag eistedd yn y Gadair Wyllt am ei bod yn beryglus:

> 'Bydd y lluniau yn dy feddwl yn rhy glir,
> bydd y lleisiau yn dy ben yn rhy hir...'

A dyna, wrth gwrs, yw'r union reswm pam fod y cywaith 'gwahanol' hwn yn haeddu ein sylw.

Foreword
by Hywel Teifi Edwards

In a foreword to *March*, the bilingual project published in 1998 by the artist William Brown and the poet David Greenslade, I noted my pleasure in being given a view of Wales through the eyes of two delightfully idiosyncratic and ingenious observers. And now comes an opportunity to greet another bilingual project, this time the product of William Brown's collaboration with the storyteller Colin Jones, namely *Tales from the Wild Chair: Deep Dark Tales in the Welsh Subconsciousness.*

God knows there are enough weird and wonderful things in the Welsh subconscious to tax the ingenuity of a legion of artists, and William Brown and Colin Jones with mabinogion charm entice us into the 'Wild Chair' to see and hear tell of 'The Mari Lwyd Man', 'The Maid of Cefn Ydfa', 'The Lowlands', 'The Shipwreckers of Dunraven' and 'Elidyr'.

In this project William Brown appears to have decided to give the illustrative pride of place to rabbits with a ear for music – let the Welsh burrow into their subconscious for an explanation! – and it is pleasurable to see, once again, traditional materials presented in a manner so engaging as to entrap us anew and leave us playing with possible meanings.

In a cryptic forewarning the reader is advised not to sit in the perilous 'Wild Chair':

> 'The pictures in your mind will be too clear,
> the voices in your head will stay too long....'

And that, of course, is the very reason why this 'different', sparky project deserves our attention.

Rhagymadrodd
Introduction

Roedd hi'n noson braf yn Aberarthur. Roedd Sion Griffith, Dafydd ap Tomos a finnau yn eistedd o flaen y tân yn nhafarn y Llew Du.

Ro'n i eisoes wedi clywed sawl stori yn y dafarn hon; stori Cylch y Tylwyth Teg, stori Bob Evans a'r Ceffyl Dŵr, ond nid oedd dim wedi fy mharatoi am beth o'n i'n mynd i'w glywed y noson honno.

Trois i siarad â Dafydd, a syrthiodd fy llygaid ar gadair bren collen yng nghornel yr ystafell. Roedd yn gadair gain, ond eto, nid oedd neb yn eistedd ynddi.

'Am gadair hyfryd.' dywedais, yn ddiniwed.

'Ie,' atebodd Dafydd, 'ond paid ti byth ag eistedd ynddi!'

'Mae'n flin 'da fi?'

'Y Gadair Wyllt yw honna,' meddai, 'cadair beryglus iawn. Wyt ti wedi clywed stori y Gadair Wyllt?'

'Siglais i fy mhen.

'O, machgen I; mae'n rhaid i ti glywed stori y Gadair Wyllt. Hoffet ti glywed y stori?

Mae hi'n stori dda...

Mae hi'n stori wir...

Cred ti fi...'

It was a fine night in Aberarthur. Sion Griffith, Dafydd ap Tomos and myself were sitting in front of the fire in the Black Lion pub.

I had already heard a number of stories in this pub; the story of the Ring of the Fair Folk, the story of Bob Evans and the Water Horse, but nothing had prepared me for what I was going to hear that night.

I turned to speak to Dafydd, and my eyes fell on a hazelwood chair in the corner of the room. It was a fine chair, and yet no-one was sitting in it.

'What a lovely chair.' I said innocently.

'Yes,' answered Dafydd, 'but don't you ever sit in it!'

'I'm sorry?'

'That's the Wild Chair,' he said, 'a very dangerous chair. Have you heard the story of the Wild Chair?'

I shook my head.

'Oh, my boy; you must hear the story of the Wild Chair. Would you like to hear the story?

It's a good story...

It's a true story...

Believe you me...'

The Wild Chair
Y Gadair Wyllt

Y Gadair Wyllt
The Wild Chair

Roedd hi'n noson braf yn Aberarthur.
Roedd y lleuad lawn yn disgleirio
dros fryniau Morgannwg,
a'r sêr yn tywynnu yn yr wybren,
fel gemau.
Edrychwch nawr;
mae seren wib yn fflachio trwy'r awyr.
Ych chi'n gallu ei gweld hi?
Gwnewch ddymuniad.
Ond byddwch yn ofalus
am beth ŷch chi'n ei ddymuno.
Byddwch yn ofalus iawn.

Roedd hen saer yn byw
ar ben y bryn.
Twm Tom Tomos oedd ei enw.
Roedd e'n codi cyn cŵn Caer
bob dydd,
ac yn coginio ei uwd ar y ffwrn.
Wedyn roedd e'n gwneud
brechdanau i'w ginio;
caws a bara menyn
ac yn eu rhoi nhw yn ei focs bach tun
gydag afal coch a theisen fach felys.
Dyn tlawd oedd Twm Tom Tomos,
dyn gonest, ond dyn unig.

Wel, ta p'un, un noson braf
roedd Twm Tom Tomos
yn cerdded adref

It was a fine night in Aberarthur.
The full moon was shining
over the hills of Glamorgan,
and the stars were shining in the sky,
like gems.
Look now;
a shooting star flashes through the air.
Can you see it?
Make a wish.
But be careful
what you wish for.
Be very careful.

An old carpenter lived
at the top of the hill.
Twm Tom Tomos was his name.
He would get up very early
every day,
and cook his porridge on the stove.
Then he would make
sandwiches for his dinner;
cheese and bread and butter
and put them in his little tin box
with a red apple and a small sweet cake.
Twm Tom Tomos was a poor man,
an honest man, but a lonely man.

Well anyway, one fine night
Twm Tom Tomos was
walking home

ar ôl diwrnod caled o waith.	after a hard day's work.
'Pam yr wyf i'n gweithio mor galed?'	'Why do I work so hard?'
gofynnodd i neb.	he asked no-one.
'Does dim gwraig 'da fi	'I have no wife
na phlant chwaith.	or children either.
Petawn i'n marw yn ystod y nos	If I were to die during the night
fyddai neb yn colli deigryn.'	no-one would shed a tear.'
Roedd e'n teimlo'n unig iawn,	He was feeling very lonely,
felly aeth i mewn i dafarn y Llew Du,	so he went into the Llew Du tavern
am wydraid bach o gwrw, a sgwrs.	for a small glass of beer, and a chat.
Roedd hi'n ganol nos yn Aberarthur.	It was midnight in Aberarthur.
Roedd Twm Tom Tomos	Twm Tom Tomos was
yn cerdded adref o'r Llew Du.	walking home from the Llew Du.
Roedd e wedi bod yn yfed.	He had been drinking.
A dweud y gwir,	To tell the truth,
roedd e wedi meddwi.	he was drunk.
Ond pan welodd y lleuad lawn	But when he saw the full moon
yn disgleirio yn yr wybren,	shining in the sky,
a phan welodd y seren wib	and when he saw the shooting star
yn fflachio trwy'r awyr	flashing through the air
roedd e'n gwybod beth oedd e'n mo'yn.	he knew what he wanted.
Roedd e'n gwybod am beth	He knew what he
y byddai'n dymuno.	would wish for.
'Saer ydw i,	'A carpenter am I,
saer tlawd ac unig.	a poor and lonely carpenter.
Nid yw fy mywyd yn un hapus	My life is not a happy one.
Hoffwn i wneud campwaith....	I'd like to make a masterpiece...
hoffwn i gerfio cadair,	I'd like to carve a chair,
cadair gollen hardd.	a beautiful hazel chair.

Cadair y byddai unrhyw un yn falch o gael yn ei dŷ. Cadair arbennig; cadair i ddangos i bwy bynnag sydd yn eistedd ynddi hi y bywyd yr hoffent fod wedi ei gael.'	A chair that anyone would be proud to have in his house. A special chair; a chair to show whoever sits in it the life they would like to have had.'
Y bore wedyn dechreuodd e ar ei waith. Prynodd ddarn hardd o gollen, a threuliodd e ddyddiau yn llifio ac yn cerfio. Ar ôl iddo fe orffen edrychodd yn hapus ar y gadair gollen hardd.	The next morning he started on his work. He bought a beautiful piece of hazel, and he spent days sawing and carving. After he finished he looked happily at the beautiful hazel chair.
'Nawr, mae'n amser i mi ei phrofi hi!' meddai Twm, gyda thinc bach o falchder yn ei lais. Rhoddodd e'r gadair yng nghefn y tŷ mewn ystafell dywyll a thawel. 'Fydd neb yn tarfu arna'i yma.' meddai Twm Tom Tomos.	'Now it's time for me to try it!' said Twm, with a hint of pride in his voice. He put the chair in the back of the house in a dark and quiet room. 'No-one will disturb me here.' said Twm Tom Tomos.
Ac roedd e'n iawn, roedd e'n hollol iawn, cant y cant. Achos pan eisteddodd Twm Tom Tomos yn ei gadair gollen hardd fe welodd y bywyd na chafodd erioed.	And he was right, he was absolutely right, one hundred percent. Because when Twm Tom Tomos sat in his beautiful hazel chair he saw the life he never had.

Fe welodd ei wraig Siwan,	He saw his wife Siwan,
a'i blant Guto a Siôn a Nia	and his children Guto and Siôn and Nia
yn rhedeg ac yn dawnsio	running and dancing
ac yn chwerthin.	and laughing.
Llifodd y dagrau fel afon.	The tears ran like a river.
Roedd e'n fywyd mor braf.	It was such a fine life.
Roedd ei wraig mor brydferth,	His wife was so beautiful,
roedd ei blant mor hyfryd.	his children were so lovely.
Roedd Twm mor hapus.	Twm was so happy.
A dyna ble'r arhosodd	And that's where
Twm Tom Tomos	Twm Tom Tomos stayed
am weddill ei oes,	for the rest of his life,
yn eistedd yn ei Gadair Wyllt	sitting in his Wild Chair
yn breuddwydio am fywyd arall;	dreaming of another life;
y bywyd na chafodd erioed.	the life he never had.

Dyn y Fari
The Mari Lwyd Man

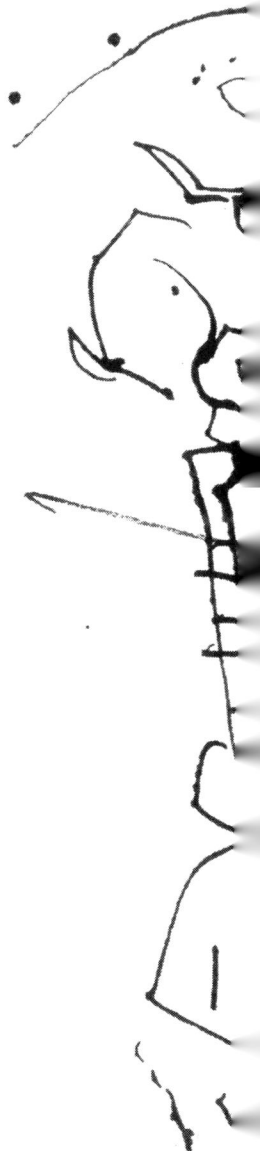

Dyn y Fari
The Mari Lwyd Man

Roedd hi'n noson arw.
Roedd y glaw yn pistyllio lawr
fel y Dilyw
Roedd y gwynt fel gwynt traed y meirw,
a'r tir yn faw i gyd.
Doedd hen Siencyn Williams
ddim yn teimlo fel mynd mas heno,
ond nos Galan oedd hi,
ac roedd y Fari yn aros dan ei wely.
Ie, dyna le roedd hi'n aros,
am weddill y flwyddyn.
Roedd Mrs Siencyn Williams
wedi hen farw;
doedd neb i achwyn felly
am benglog y ceffyl
yn chwerthin dan y gwely.
Ond Nos Galan oedd hi heno,
ac roedd rhaid i'r Hen Fari Lwyd
gael carlamu dros y bryniau
i'r tai ac i'r ffermydd i 'bwnco'
gyda'u trigolion.

Beth yw pwnco?
Cystadlu mewn odl
rhwng parti'r Fari
a thrigolion y tŷ.
Ie, Nos Galan oedd hi
meddyliodd Siencyn,
a'r Fari yn ysu am gwrw a theisennod.

It was a rough night.
The rain was pouring down
like the Flood.
The wind was like dead men walking,
and the land all mud.
Old Siencyn Williams didn't
feel like going out tonight,
but it was New Year's Eve,
and the Mari was waiting under his bed.
Yes, that's where she waited,
for the rest of the year.
Mrs Siencyn Williams
was long since dead;
so there was no-one to complain
about the horse's skull
laughing under the bed.
But it was New Year's Eve tonight,
and the old Mari Lwyd had to
be allowed to gallop over the hills
to the houses and farms to 'pwnco'
with their inhabitants.

What's 'pwnco'?
Competing in rhyme
between the Mari's party
and the house's inhabitants.
Yes, Nos Galan it was
thought Siencyn,
and the Mari dying for beer and cakes.

'A gwaed!' daeth llais	*'And blood!'* came a voice
yn ddisymwyth.	from nowhere.
'Mae'n rhaid fy mod i'n clywed pethau!'	'I must be hearing things!'
meddai Siencyn,	said Siencyn,
gan edrych o'i gwmpas.	looking around.
Ond ni welodd neb.	But he saw no-one.
Dechreuodd wisgo ei siwt orau,	He started to dress in his best suit
a'i het silc ddu.	and his black silk hat.
Dyma Siencyn felly yn cerdded	So here's Siencyn walking
dros y bryniau	over the hills
â'r Fari dan ei gesail.	with the Mari under his shoulder.
Ond roedd hi'n noson ofnadwy,	But it was a terrible night,
a'r Fari yn drwm yn y glaw taranau.	and the Mari heavy in the thunder-rain.
Roedd Siencyn eisoes wedi blino.	Siencyn was already tired.
Dylai fod wedi troi yn ôl.	He should have turned back.
Dylai fod wedi dweud 'digon yw digon'.	He should have said 'enough is enough'.
Ond Nos Galan oedd hi,	But it was Nos Galan,
a'r hen Fari Lwyd yn ysu am	and the old Mari Lwyd itching for
gwrw a theisennod, a gwaed.	beer and cakes, and blood.
Roedd Siencyn yn cerdded	Siencyn was walking
dros gae Sali Edwards	across Sali Edwards' field
pan ddaeth yr ergyd,	when the blow came,
fel mellten;	like lightning;
pwl ar y galon.	a heart attack.
Bu farw ar unwaith yn sibrwd,	He died at once whispering,
'Iesu, ... trugarha wrthynt.'	'Jesus, ...have mercy on them.'
Cwympodd i'r llawr,	He fell to the ground,
yn dal ei Fari'n dynn.	holding the Mari tightly.
Ond yn dawel bach	But very quietly
dechreuodd y Fari symud,	the Mari started to move,
yn siglo'i chlychau	shaking her bells
ac yn codi fel ysbryd.	and rising like a spirit.

Edrychodd lawr	She looked down
ar y pentref yn y cwm	on the village in the valley
a dechreuodd hi ganu,	and started to sing,
'Wel dyma ni'n dwad gyfeillion diniwed	'Here we come my innocent friends
i ofyn am enaid nos heno!'	to ask for a soul tonight!'
Roedd hi'n fore tawel yn Aberarthur	It was a quiet morning in Aberarthur
trannoeth.	the following day.
Roedd yr hen Domi Mathews wedi bod	Old Tomi Mathews had been
yn ymweld â'i deulu ym Maes-yr-Arth.	visiting his family in Maes-yr-Arth.
Roedd e wedi treulio Nos Galan	He had spent Nos Galan
yn nhŷ ei frawd,	in his brother's house,
yn yfed ac yn canu ac yn chwerthin.	drinking and singing and dancing,
Ond doedd e ddim yn chwerthin nawr.	But he wasn't laughing now.
Achos pan gyrhaeddodd e Aberarthur,	Because when he reached Aberarthur,
doedd dim enaid byw i'w weld yno.	there wasn't a living soul to be seen.
Doedd neb yn cerdded ei strydoedd,	No-one was walking her streets,
neb yn cysgu yn ei thai	no-on sleeping in her houses,
neb yn siarad,	no-one talking,
neb yn canu,	no-one singing,
neb.	no-one.
Dim ond	Only
briwsion teisennod ar y palmant	crumbs of cake on the pavement
ac aroglau cwrw yn yr awyr...	and the smell of beer in the air...
...a gwaed.	...and blood.

Llongddrylliwyr
gwyn . Rhefn

The Shipwreckers of Dunraven

Llongddryllwyr Dwn-Rhefn
The Wreckers of Dunraven

Yn ardal Dwn-rhefn
ym Mro Morgannwg
roedd trigolion ffiaidd yr arfordir
yn arfer suddo llongau
trwy osod lampau
ar y traeth, neu ar gefnau
defaid yn y meysydd
i ddrysu'r morwyr.
Byddai'r llongau yn hwylio
mewn i'r creigiau,
yn gadael i'r morwyr
foddi dan y tonnau,
a'r llongddryllwyr i ysbeilio'u badau.

Un o longddryllwyr enwocaf yr ardal
oedd Walter Fychan,
Arglwydd Dwn-rhefn.

Hen ddyn chwerw
oedd Walter Fychan.
Roedd e wedi colli dau o'i dri mab
mewn damwain ar y môr,
ac roedd ei hoff fab wedi gadael Cymru
i ddechrau bywyd newydd.

Ar noson dywyll a stormus
byddai Fychan yn edrych allan i'r môr.
Byddai'n cofio'r dydd
pan welodd ei fab yn hwylio i ffwrdd
i chwilio am fywyd gwell.

Around Dunraven
in the vale of Glamorgan
the despicable inhabitants of the
coastline used to sink ships
by placing lamps
on the beach, or on the backs
of sheep in the fields
to confuse the sailors.
The ships would sail
into the cliffs,
leaving the sailors
to drown under the waves
and the wreckers to loot their craft.

One of the most famous
shipwreckers in the area
was Walter Vaughan, Lord Dunraven.

Walter Vaughan
was a bitter old man.
He had lost two of his three sons
to the sea in an accident,
and his favourite son had left Wales
to start a new life.

On a dark and stormy night
Vaughan would look out to the sea.
He would remember the day
he saw his son sailing away
to search for a better life.

Byddai'n cofio modrwy ei fab;	He would remember his son's ring;
modrwy aur, ag emrallt mawr	gold with a large emerald
yn ei chanol.	in its centre.
Rhoddodd Fychan y fodrwy werthfawr	Vaughan gave the valuable ring to him
iddo y diwrnod cyn iddo fe hwylio.	the day before he sailed.
'Byddai'n hawdd ei gwerthu	'It would be easy to sell
i godi arian', meddai,	to raise money,' he said,
'pe bai rhywbeth yn digwydd'.	'in case anything were to happen.'
Byddai Fychan yn edrych allan i'r môr	Vaughan would look out to the sea
ar ambell noson dywyll	on the occasional dark night
am reswm arall hefyd.	for another reason as well.
Byddai'n chwilio am longau;	He would look for ships;
llongau llawn trysor	ships full of treasure
i'w suddo ar greigiau'r môr.	to sink on the sea's cliffs.
Fel arfer byddai Fychan yn gweithio	Usually Vaughan would work
yng nghwmni Mat Llaw Haearn.	with Mat Llaw Haearn.
Dyn â bachyn yn lle llaw oedd Mat;	Mat was a man with a hook for a
dyn oedd yn dal dig.	hand; a man who held a grudge.
Yn dal dig yn erbyn Walter Fychan.	A grudge against Walter Vaughan.
Achos amser maith yn ôl	Because a long time ago
cafodd Mat ddamwain,	Mat had an accident,
a chollodd ei law.	and he lost his hand.
A phwy oedd yn gyfrifol	An who was responsible
am y ddamwain?	for the accident?
Wel, Walter Fychan wrth gwrs.	Well, Walter Vaughan of course.
Roedd Fychan wedi	Vaughan had long since
hen anghofio'r ddamwain,	forgotten the accident,
ond 'doedd Mat Llaw Haearn ddim.	but Mat Llaw Haearn hadn't.
Dyn yn dal dig oedd Mat.	He was a man who held a grudge.

Ta p'un, un noson dywyll 'roedd Walter Fychan yn edrych allan i'r môr pan welodd long fawr. 'Llong yn llawn trysor.' meddai. Galwodd ar Mat a'i ffrindiau i osod y lampau dros y meysydd.	Anyway, one dark night Walter Vaughan was looking out to the sea when he saw a large ship. 'A ship full of treasure!' he said. He called on Mat and his friends to place the lamps across the fields.
Fe arhoson nhw yn y tywyllwch, fe glywon nhw'r llong yn torri ar y creigiau, fe welon nhw'r morwyr yn boddi yn y môr. Llyncodd y môr bob un ohonynt. Pob un ond un.	They waited in the darkness, they heard the ship breaking on the rocks, they saw the sailors drowning in the sea. The sea swallowed every one of them. All but one.
Llwyddodd un dyn i nofio'n ddiogel at y traeth. Ond yn ôl Mat a'i griw nid oedd neb i ddianc o'r môr. Lladdodd Mat y morwr felly, gyda'i law haearn miniog. Roedd e ar fin taflu'r dyn yn ôl i'r môr, pan welodd rywbeth rhyfedd, a dechreuodd wenu.	One man succeeded in swimming safely to the shore. But according to Mat and his crew no-one was to escape from the sea. So Mat killed the sailor with his sharp iron hand. He was about to throw the man back into the sea, when he saw something strange, and he began to smile.
Tynodd gyllell o'i boced a dechreuodd dorri trwy'r cnawd, yn chwerthin fel gwallgofddyn.	He pulled a knife from his pocket and started to cut through the flesh, laughing like a madman.

Roedd Fychan yn sefyll ar y traeth pan welodd e Mat Llaw Haearn yn cerdded ato. 'Edrycha Fychan!' gwenodd, 'Mae trysor 'da fi i ti!' Cododd Mat ei law haearn i ddangos y trysor gwerthfawr, ond am eiliad doedd Fychan ddim yn gallu ei weld.	Vaughan was standing on the beach when he saw Mat Llaw Haearn walking towards him. 'Look Vaughan!' he smiled, 'I've got some treasure for you!' Mat raised his iron hand to show the valuable treasure, but for a second Vaughan could not see it.
Am eiliad gwenodd Walter Fychan… am eiliad. Achos pan welodd Walter Fychan beth oedd yn llaw Mat Llaw Haearn ni wenodd byth eto. Pan welodd Walter Fychan y llaw gwaedlyd yn hongian o fachyn haearn Mat, dechreuodd grynu.	For a second Walter Vaughan smiled… for a second. Because when Walter Vaughan saw what was in Mat's hand he never smiled again. When Walter Vaughan saw the bloody hand hanging from Mat's iron hook he started to shake.
A phan welodd Walter Fychan y fodrwy werthfawr ar un o'r bysedd, ag emrallt mawr yn ei chanol, dechreuodd lefain.	And when Walter Vaughan saw the valuable ring on one of the fingers, with a large emerald in its centre he started to cry.
Ni chlywodd neb ei eiriau olaf, ond bu farw yn y fan a'r lle.	No-one heard his last words, but he died on the spot.

Cantre'r Gwaelod
The Lowlands

cam cyntaf

Cantre'r Gwaelod
The Lowlands

Ewch draw i Fae Ceredigion.
Efallai gwelwch chi ddolffiniaid
yn neidio trwy'r dŵr.
Efallai clywch chi glychau
yn canu dros y môr;
yn canu o dan y dŵr.
Achos amser maith yn ôl
roedd gwlad o'r enw
Cantre'r Gwaelod
lle mae'r môr heddiw.
Gwlad bert, gwlad hyfryd,
gyda choedwigoedd prydferth
a gwinllannoedd ffrwythlon.

Ond 'roedd un broblem fach
yng Nghantre'r Gwaelod;
roedd lefel y tir yn is na'r dŵr.
Roedd rhaid codi wal
i gadw'r môr allan
o diroedd prydferth
Cantre'r Gwaelod.

A dyna beth wnaeth trigolion
y wlad hyfryd honno.
A bob nos, a bob dydd,
roedd rhaid i ddynion gerdded
ar hyd y wal i wneud yn siŵr
nad oedd twll na hollt ynddi.

Go down to Ceredigion Bay.
Perhaps you'll see some dolphins
jumping through the water.
Perhaps you'll hear bells
ringing over the sea;
ringing from under the sea.
Because a long time ago
there was a country called
Cantre'r Gwaelod
where the sea is today.
A pretty land, a lovely land,
with beautiful forests
and fertile vineyards.

But there was one small problem
in Cantre'r Gwaelod;
the land was lower than the water.
They had to build a wall
to keep the sea out
of the beautiful lands of
Cantre'r Gwaelod.

And that's what the inhabitants of
that lovely land did.
And every night, and every day,
men had to walk
along the wall to make sure
that there was no hole or crack in it.

Ceidwaid y wal oeddent,	Keepers of the wall they were,
ceidwaid Cantre'r Gwaelod.	the keepers of Cantre'r Gwaelod.
A dyna sut y treuliodd	And that's how the inhabitants
trigolion y wlad eu hamser,	of the land spent their time,
am ganrifoedd.	for centuries.

Ond os am gadw llygad
mae eisiau cadw llygad barcud
trwy'r dydd a'r nos.
Achos mae dŵr yn beryglus;
nid yw dŵr yn cysgu i neb.
Roedd eisiau
dynion mwya gofalus y wlad
i edrych allan i'r tonnau.
Dynion â llygaid fel llygaid barcud.
Dynion fel Seithennin.

Wel, un noson braf
roedd parti mawr
yng Nghantre'r Gwaelod.
Roedd merch Gwyddno Garanhir,
Brenin Cantre'r Gwaelod,
yn dathlu ei phenblwydd
yn un ar hugain.

Eos oedd ei henw,
roedd gwallt hir melyn 'da hi,
a gwên fel gwin yr haf.
Roedd Seithennin mewn cariad â hi,
ond wrth gwrs
dim ond ceidwad y wal oedd e;
doedd e ddim yn ddigon da
i ferch y Brenin.

But if keeping an eye out
one must keep a kite's eye.
all night and all day.
Because water is dangerous,
water sleeps for no-one.
The most careful countrymen
were needed
to look out into the waves.
Men with eyes like the eyes of a kite.
Men like Seithennin.

Well, one fine night
there was a big party
in Cantre'r Gwaelod.
The daughter of Gwyddno Garanhir,
the King of Cantre'r Gwaelod,
was celebrating
her 21st birthday.

Eos was her name,
she had long yellow hair,
and a smile like summer wine.
Seithennin was in love with her,
but of course
he was only a keeper of the wall;
he wasn't good enough
for the King's daughter.

Nawr, roedd hen draddodiad / yng Nghantre'r Gwaelod, / ar ben-blwydd merch y Brenin / yn un ar hugain. / Cuddiwyd cant o binnau bach / yn neuadd y castell, / a byddai'r dyn cyntaf / i ddarganfod deg o'r pinnau / yn cael dawnsio / gydag Eos ganol nos.	Now, there was an old tradition / in Cantre'r Gwaelod, / on the King's daughter's / twenty-first birthday. / A hundred small pins were hidden / in the castle hall, / and the first man / to find ten pins would / be allowed to dance / with Eos at midnight.
Roedd rhaid i Seithennin fod / yn y parti felly, / roedd rhaid iddo fe / ddarganfod y pinnau. / Ond roedd rhaid iddo fe / gerdded y wal hefyd, / roedd rhaid iddo fe warchod y wlad. / Ond wnaeth e ddim. / Fe oedd y cyntaf i ddarganfod / deg o'r pinnau.	So Seithennin had to be / in the party, / he had to / find the pins. / But he had to / walk the wall as well, / he had to guard the country. / But he didn't. / He was the first to find / ten of the pins.
Wedi'r cwbl, / 'roedd llygaid 'da fe fel llygaid barcud. / Enillodd e'r ddawns, / a chipiodd e gusan. / Ond roedd y dŵr yn codi wrth y wal / ac roedd hollt wedi dechrau agor. / Pan darodd cloc mawr / Cantre'r Gwaelod ganol nos / torrodd y wal.	After all, / he had eyes like the eyes of a kite. / He won the dance, / and he stole a kiss. / But the water was rising at the wall / and a crack had started to open. / When Cantre'r Gwaelod's / big clock struck midnight / the wall broke.

Yn y parti clywon nhw'r tonnau yn taro'r wal fel taran. Clywon nhw'r wal yn torri, ac yn cwympo. Sylweddolodd Seithennin beth oedd e wedi wneud. Roedd y gusan mor felys, mor braf, ond roedd y gusan mor finiog, mor oer; cusan angau i Gantre'r Gwaelod. Allan yn y nos carlamodd marchog unig allan o Gantre'r Gwaelod. Melltithiodd e Seithennin ac Eos, merch y Brenin, a charlamu i'r pellter dan leuad lawn.	In the party they heard the waves striking the wall like thunder. They heard the wall break, and fall. Seithennin realised what he had done. The kiss was so sweet, so fine, but the kiss was so sharp, so cold; the kiss of death for Cantre'r Gwaelod. Out in the night a lone rider galloped out of Cantre'r Gwaelod. He cursed Seithinnin and Eos, the King's daughter, and galloped into the distance under a full moon.

Elidyr
Elidyr

Amser maith yn ôl	A long time ago
roedd bachgen o'r enw Elidyr.	there was a boy called Elidyr.
Roedd Elidyr yn byw yn hapus	Elidyr lived happily
gyda'i fam a dad	with his mam and dad
mewn bwthyn bach tawel yn y wlad.	in a quiet little cottage in the country.
Roedd Elidyr yn fachgen digon deallus,	Elidyr was a clever enough boy,
ond am ryw reswm	but for some reason
roedd un o'i athrawon yn ei gasáu.	one of his teachers hated him.
Bob bore, ar ôl Gweddi'r Arglwydd,	Each morning, after the Lord's Prayer,
byddai'r athro yn wado Elidyr	the teacher would beat Elidyr
gyda'i gansen fawr ddu.	with his big black cane.
Nawr, un bore braf	Now, one fine morning
roedd yr haul yn disgleirio	the sun was shining
ar fryniau Morgannwg,	on the hills of Glamorgan,
a doedd Elidyr	and Elidyr didn't
ddim yn mo'yn mynd i'r ysgol	want to go to school
i gael clatsien a stŵr	to get a beating and a row
gan yr hen athro chwerw.	from the bitter old teacher.
Dyma fe felly, yn cuddio yn y coed	So here he was, hiding in the woods
yn lle mynd i'r ysgol.	instead of going to school.
Ond ar ôl pedair awr	But after four hours
roedd eisiau bwyd arno fe,	he was hungry
ac roedd e'n teimlo'n unig iawn.	and feeling very lonely.
Dechreuodd e lefain.	He started to cry.
Ond yn sydyn,	But suddenly,
digwyddodd rhywbeth rhyfedd iawn.	something very strange happened.
Gwelodd Elidyr ddau ddyn bach	Elidyr saw two small men
yn gwenu ac yn cerdded ato fe.	smiling and walking towards him.

Roedd y dynion yn fyr.	The men were short.
Roedd gwallt hir du 'da nhw.	They had long black hair.
Dynion y Tylwyth Teg oeddent.	They were men of the Fair Folk.
'Paid â digalonni!' meddai un,	'Don't lose heart!', said one,
'Dere gyda ni,	'Come with us,
i wlad lle mae pawb	to a land where everyone
yn canu ac yn chwerthin	sings and laughs
ac yn dawnsio trwy'r dydd!'	and dances all day!'
Wel, roedd hynny'n swnio yn hwyl,	Well, that sounded like fun,
ond oedd?	didn't it?
Felly cytunodd Elidyr,	So Elidyr agreed,
a dilynodd y ddau	and he followed the men
i lawr twnnel tywyll	down a dark tunnel
i wlad dan ddaear;	to a land underground;
Gwlad y Tylwyth Teg.	the Land of the Fair Folk
Ac yn wir, roedd pawb	And truly, everyone was
yn canu ac yn chwerthin	singing and laughing
ac yn dawnsio yno.	and dancing there.
Treuliodd Elidyr lawer o amser	Elidyr spent much time
yn hapus iawn	very happily
yng Ngwlad y Tylwyth Teg	in The Land of the Fair Folk
gyda'r bobl fach ddiniwed.	with the small innocent people.
Dysgodd e sut i ganu'r	He learnt how to play
ffliwt yn y bore,	the flute in the morning,
a sut i farddoni yn y nos.	and how to write poetry at night.
Dysgodd e ddawnsio	He learnt to dance
ar belydrau machlud yr haul,	on the rays of the setting sun
a dysgodd e weld	and he learnt to see
beth oedd yng ngwir calon person.	what was really in a person's heart.

Achos roedd y Tylwyth Teg yn gwerthfawrogi gonestrwydd yn fwy na dim byd arall yn y byd.	Because the Fair Folk valued honesty more than anything else in the world.
Ond ar ôl cyfnod, daeth pwl o hiraeth dros Elidyr am ei fam a dad, a'i ffrindiau, ac fe ddaeth yn ôl i'n byd bach ni. Ond byddai'n diflannu ym min yr hwyr i lawr y twnnel tywyll, i ganu ac i ddawnsio ac i farddoni gyda'r Tylwyth Teg.	But after a while a bout of homesickness came over Elidyr for his mother and father and friends, and he came back to our little world. But he would disappear at nightfall down the dark tunnel, to sing and to dance and to write poetry. with the Fair Folk.
Ni ddywedodd Elidyr ddim byd am y Tylwyth Teg wrth neb. Ond un bore, wrth y bwrdd brecwast, gofynnodd ei fam, 'Ble oeddet ti neithiwr fy nghariad? Doeddet ti ddim yn dy wely.'	Elidyr said nothing about the Fair Folk to anyone. But one morning, at the breakfast table, his mother asked, 'Where were you last night love? You weren't in your bed.'
Nawr, roedd Elidyr wedi dysgu gweld y gwir yng nghalon rhywun, ac roedd e'n gallu gweld yr ofn yng nghalon ei fam. Roedd rhaid iddo fe ddweud wrthi felly am Wlad y Tylwyth Teg. Roedd ei fam yn mo'yn ei gredu fe, ond roedd hi'n ddrwgdybus.	Now, Elidyr had learnt to see the truth in someone's heart and he could see the fear in his mother's heart. So he had to tell her about the Land of the Fair Folk. His mother wanted to believe him, but she was suspicious.

'Dof i yn ôl â rhywbeth
o'r byd hyfryd hwnnw y tro nesaf
i brofi iti mam!' dywedodd Elidyr.
A dyna beth wnaeth e.

Y noson ganlynol, fe ddringodd Elidyr
i lawr y twnnel tywyll
i Wlad y Tylwyth Teg.
Roedd mab y brenin
yn chwarae gyda phêl aur.
Dygodd Elidyr y bêl a rhedeg i ffwrdd,
yn ôl i'n byd bach ni.

Rhuthrodd Elidyr yn ôl
i dŷ ei fam a dad,
gyda'r Tylwyth Teg yn rhedeg ar ei ôl.
Baglodd e dros drothwy'r tŷ
a chwympodd y bêl i'r llawr.
Cipiodd y Tylwyth Teg y bêl
a rhedeg yn ôl i'w gwlad,
yn galw enwau ar Elidyr.
Sylweddolodd Elidyr
beth oedd e wedi gwneud,
a phenderfynodd e fynd yn ôl
i ymddiheuro i'r Tylwyth Teg.
Ond pan gyrhaeddodd e'r afon
lle'r oedd y twnnel yn arfer bod
ni welodd ddim byd.
Roedd y twnnel wedi diflannu.

'I'll bring back something
from that lovely world next time
to prove to you mam!' Elidyr said.
And that's what he did.

The following night, Elidyr climbed
down the dark tunnel
to the Land of the Fair Folk.
The king's son
was playing with a ball of gold.
Elidyr stole the ball and ran off,
back to our small world.

Elidyr rushed back
to his parent's house,
with the Fair Folk running after him.
He tripped over the house's threshold
and the ball fell to the ground.
The Fair Folk snatched the ball
and ran back to their country
calling Elidyr names.
Elidyr realised
what he had done
and decided to go back
to apologise to the Fair Folk.
But when he arrived at the river
where the tunnel used to be
he saw nothing.
The tunnel had disappeared.

Chwiliodd Elidyr am flwyddyn, ond ni welodd y twnnel eto. Ni welodd y Tylwyth Teg eto.	Elidyr searched for a year, but he didn't see the tunnel again. He never saw the Fair Folk again.
Daeth Elidyr yn ddyn, ac yn offeiriad yn yr Eglwys. Ond trwy weddill ei oes bob tro yr oedd rhywun yn gofyn am Wlad y Tylwyth Teg byddai fe'n llefain fel baban.	Elidyr became a man and a priest in the Church. But for the rest of his life each time someone asked about the Fair Folk he would cry like a baby.
Achos roedd Elidyr wedi dysgu sut i ganu'r ffliwt yn y bore a sut i ddawnsio ar belydrau machlud yr haul.	Because Elidyr had learnt how to play the flute in the morning and how to dance on the rays of the setting sun.
Ond roedd e wedi dysgu gweld hefyd beth oedd yng ngwir calon person, ac weithiau nid yw hynny'n beth dymunol.	But he had also learnt to see what was really in a person's heart, and that's not always a pleasant thing.

The Maid of Cefn Ydfa

Y Ferch o Gefn Ydfa

Y Ferch o Gefn Ydfa
The Maid of Cefn Ydfa

Plas mawr oedd Cefn Ydfa
yn Llangynwyd, Morgannwg.
Amser maith yn ôl,
roedd William a Catherine Thomas
yn byw yno.
Roedd un bachgen gyda nhw,
a merch o'r enw Ann.
Dyma stori Ann Thomas,
y Ferch o Gefn Ydfa.

Yn anffodus,
bu farw tad a brawd Ann yn 1707,
yn gadael Ann yn etifeddes Cefn Ydfa.
Tyfodd Ann yn ferch hardd,
ond roedd ei mam eisoes
yn cynllunio gŵr iddi hi.
Byddai'n rhaid iddi hi briodi
dyn cyfoethog.
Un dydd,
daeth dyn i Gefn Ydfa
i drwsio'r to.
Dyn tlawd iawn o'r enw Wil Hopcyn.
Doedd dim arian gyda fe,
doedd e ddim yn gyfoethog o gwbl.
Ond roedd Wil yn fardd hefyd,

Cefn Ydfa was a large mansion
in Llangynwyd, Glamorgan.
A long time ago
William and Catherine Thomas
lived there.
They had one son,
and a girl by the name of Ann.
This is the story of Ann Thomas,
The maid of Cefn Ydfa.

Unfortunately
Ann's father and brother died in 1707,
leaving Ann the heiress to Cefn Ydfa.
Ann grew into a beautiful woman,
but already her mother was
planning a husband for her.
She would have to marry
a wealthy man.
One day,
a man came to Cefn Ydfa
to repair the roof.
A very poor man called Wil Hopcyn
He had no money,
he wasn't wealthy at all.
But Wil was also a poet,

a beth yw arian	and what's money
os oes cerdd ar eich tafod	if there's a poem on your tongue
a chân yn eich calon?	and a song in your heart?
Pan welodd Ann Wil ar y to	When Ann saw Wil on the roof
doedd hi ddim yn meddwl ddwywaith	she didn't think twice
amdano.	about him.
Ond pan glywodd Ann Wil yn canu,	But when Ann heard Wil singing,
a phan glywodd ei farddoniaeth	and when she heard his poetry
a'i siarad ffraeth,	and his witty talk,
cwympodd mewn cariad ag e.	she fell in love with him.
Roedd Ann a Wil yn arfer cwrdd	Ann and Wil used to meet
amser cinio yn y gegin.	dinner time in the kitchen.
Roedd Ann yn danfon	Ann would send
y gweision eraill i ffwrdd	the other servants away
iddi gael siarad a chwerthin gyda Wil.	to talk and laugh with Wil.
Ond clywodd mam Ann am Wil,	But Ann's mother heard about Wil,
a danfonodd hi Wil o'r tŷ.	and she sent Wil from the house.
Doedd Wil ddim yn ddigon da.	Wil wasn't good enough.
Roedd mam Ann wedi siarad â	Ann's mother had been talking to
dyn arall; dyn o'r enw	another man; a man by the name of
Anthony Maddocks.	Anthony Maddocks.
Cyfreithiwr oedd Anthony Maddocks,	Anthony Maddocks was a lawyer,
ac roedd e'n ddigon hapus	and he was happy enough
i briodi Ann;	to marry Ann;
roedd Ann yn ferch gyfoethog.	Ann was a wealthy girl.
Ond doedd Ann ddim yn mo'yn	But Ann didn't want to
priodi Anthony Maddocks.	marry Anthony Maddocks.

Roedd Ann a Wil mewn cariad. Roedden nhw'n arfer cwrdd yn y coed, gyda morwyn Ann yn cadw golwg, rhag ofn i rywun eu gweld nhw. Clywodd mam Ann am y cyfarfodydd a chlodd hi Ann yn y tŷ.	Ann and Wil were in love. They used to meet in the woods, with Ann's maid keeping watch for fear of anyone seeing them. Ann's mother heard of the meetings and she locked Ann in the house.
Ond roedd Ann a Wil mewn cariad. Roedd Ann yn danfon morwyn â llythyron at Wil. Ond eto, clywodd mam Ann am y llythyron, a chlodd hi Ann yn y tŷ heb inc na phapur. Doedd dim gobaith gydag Ann nawr. Dechreuodd hi lefain.	But Ann and Wil were in love. Ann would send a maid with letters to Wil. But again, Ann's mother heard of the letters, and she locked Ann in the house without ink or paper. Now Ann had no hope. She started to cry.
Roedd gwynt uchel tu fa's. Roedd hi'n bwrw glaw. Roedd yr Hydref wedi dod, a'r dail yn chwythu trwy'r awyr.	There was a high wind outside. It was raining. The Autumn had come, and the leaves were blowing through the air.
Dechreuodd Ann ysgrifennu at Wil ar ddail Sycamorwydden â'i gwaed ei hun. Roedd morwyn yn gadael y dail mewn hen dderwen wag	Ann started to write to Wil on sycamore leaves with her own blood. A maid would leave them in an old hollow oak

ger Cefn Ydfa.	near Cefn Ydfa.
Ond roedd Ann yn mynd yn wael,	But Ann was getting weak,
ac aeth y forwyn at ei mam	and the maid went to her mother
i ddweud wrthi am y llythyron.	to tell her about the letters.
Nawr roedd rhaid i Ann briodi	Now Ann had to marry
Anthony Maddocks.	Anthony Maddocks.
Yn 1725,	In 1725,
priododd Ann Thomas	Ann married
Anthony Maddocks.	Anthony Maddocks.
Aeth Wil Hopcyn i weithio ym Mryste,	Wil Hopcyn went to work in Bristol,
ac aeth Ann yn wael iawn.	and Ann became very weak.
Yn y nos roedd hi'n arfer galw am Wil,	In the night she used to call for Wil,
roedd hi ar ei gwely angau.	she was on her deathbed.
Un noson ym Mryste	One night in Bristol
cafodd Wil freuddwyd.	Wil had a dream.
Yn ei freuddwyd	In his dream
roedd Maddocks wedi marw.	Maddocks had died.
Y bore canlynol aeth Wil yn ôl	The following morning Wil went back
i Gefn Ydfa,	to Cefn Ydfa,
ond doedd ei freuddwyd ddim yn wir.	but his dream was not true.
Roedd Ann ar ei gwely angau,	Ann was on her deathbed,
yn galw am Wil.	calling for Wil.
Pan welodd Ann Wil,	When Ann saw Wil
am un eiliad fach	for one small moment
cododd, a chusanodd ef.	she rose, and kissed him.

Ond wedyn bu farw, yn ei freichiau.

Myfi sy'n fachgen ifanc ffôl
yn byw yn ôl fy ffansi
Myfi'n bugeilio'r gwenith gwyn
ac arall yn ei fedi.

Tra bo dŵr y môr yn hallt
a thra bo 'ngwallt yn tyfu
a thra bo calon dan fy mron
mi fydda'n ffyddlon iti.
Dywed imi'r gwir heb gêl
a rho dan sêl d'atebion.
P'un ai myfi ai arall Ann
Sydd orau gan dy galon?

Bugeilio'r Gwenith Gwyn,
Wil Hopcyn

But then she died, in his arms.

I who am a foolish young boy
living on my whims
It's I who shepherds the white wheat
and another man who harvests it.

As long as the seawater is salty
and as long as my hair grows
and as long as there's a heart in my breast
I will be faithful to you.
Tell me the truth without a lie
and put your answers under a seal.
Which one, is it me or another, Ann
who is best, in your heart?

Bugeilio'r Gwenith Gwyn,
Wil Hopcyn

Arthur

Arthur
Arthur

Maen nhw'n dweud bod rhywun yn cysgu yng Nghoed y Brenin.	They say that someone is sleeping in Coed y Brenin.
Maen nhw'n dweud y gwir.	They tell the truth.
Maen nhw'n dweud bod rhywun yn cysgu yng Nghoed y Brenin, mewn ogof dan y dail.	They say that someone sleeps in Coed y Brenin in a cave under the leaves.
Roedd e'n arfer yfed o'r Greal Sanctaidd. Roedd e'n arfer eistedd mewn cadair wedi'i gwneud o bren y Groes. Roedd e'n arfer eistedd wrth y Ford Gron gyda'i farchogion.	He used to drink from the Holy Grail. He used to sit in a chair made from the wood of the Cross. He used to sit at the Round Table with his knights.
Maen nhw'n dweud bod y Brenin Arthur yn cysgu mewn ogof yng Nghoed y Brenin, yn aros am yr alwad i ddeffro, ac i achub Cymru. Hoffech chi glywed beth maen nhw'n dweud? Mae hi'n stori dda. Mae hi'n stori wir. Credwch chi fi.	They say that King Arthur sleeps in a cave in Coed y Brenin, waiting for the call to awake, and to save Wales. Would you like to hear what they say? It's a good story. It's a true story. Believe you me.

Amser maith yn ôl	A long time ago
roedd bachgen yn cerdded	a boy was walking
dros Bont Llundain.	across London Bridge.
Llew Llaw Bach oedd ei enw,	Llew Llaw Bach was his name,
saer o'r De.	a carpenter from South Wales.
Roedd e'n cerdded gyda ffon,	He walked with a stick,
ffon gollen hardd iawn.	a very beautiful hazel stick.
Dinas brysur oedd Llundain,	London was a busy city,
fel heddiw,	like today,
gyda phob math o bobl	with all sorts of people
yn cerdded ei strydoedd	walking her streets
yn chwilio am arian neu drysor	searching for money or treasure
neu hapusrwydd hyd yn oed.	or happiness even.
Roedd Llew Llaw Bach	Llew Llaw Bach
yn sefyll ar Bont Llundain	was standing
yn edrych ar y llongau	looking at the ships
yn hwylio afon Tafwys,	sailing the river Thames,
ac yn poeni am ei bryd o fwyd nesaf.	and worrying about his next meal.
Roedd e'n cerdded yn araf ac yn drist	He was walking slowly and sadly
dros yr hen bont fawr,	across the big old bridge,
pan welodd e ddyn	when he saw a man
yn cerdded ato fe.	walking towards him.
Roedd y dyn yn hen iawn.	The man was very old.
Roedd gwallt gwyn hir 'da fe	He had long white hair
a barf lwyd hir.	and a long grey beard.
Roedd e'n gwisgo cot sidan coch.	He was wearing a red silk coat.
Dewin oedd e.	He was a wizard.

"Esgusodwch fi," meddai'r dewin "ond mae ffon hardd 'da chi. Ga i ofyn o ble gawsoch chi'r ffon?" "Ffon gollen yw hi," atebodd Llew, "collen hardd sy'n tyfu mewn coed yn Ne Cymru. Dim ond fi sy'n gwybod lle mae'r coed." "Hoffwn i gael ffon gollen hardd hefyd," meddai'r dewin, "wnewch chi ddangos y coed i mi? Tala i chi yn dda am eich help." Felly yn hwyr yn y nos yr wythnos canlynol cerddodd y ddau ddyn drwy Goed y Brenin. Roedd y dewin wedi clywed stori'r coed. Roedd e'n gwybod am yr ogof. Roedd e'n gwybod am y Brenin Arthur. Ond doedd dim diddordeb 'da fe mewn hanes. Doedd dim diddordeb 'da fe yn y Brenin Arthur neu'r Ford Gron. Roedd e'n gwybod bod trysor yn yr ogof. Trysor gwerthfawr iawn. Roedd y sêr yn disgleirio	"Excuse me," said the wizard "but you have a beautiful walking stick. May I ask where you got the stick?" "It's a hazel stick," answered Llew, "a beautiful hazel that grows in a wood in South Wales. Only I know where the wood is." "I'd like a beautiful hazel walking stick as well" said the wizard, "will you show me the wood? I'll pay you well for your help." So late in the night the following week the two men walked through Coed y Brenin. The wizard had heard the story of the wood. He knew about the cave. He knew about King Arthur. But he had no interest in history. He had no interest in King Arthur or the Round Table. He knew that there was treasure in the cave. Very valuable treasure. The stars were shining

dros Goed y Brenin.	over Coed y Brenin.
Roedd y lleuad yn llawn.	The moon was full.
Canodd cloch yr eglwys yn y pellter.	The church bell rang in the distance.
Hedfanodd brân allan o'r nos	A crow flew out of the night
ac yn ôl,	and back
i mewn i'r tywyllwch.	into the darkness.

Ac aeth popeth yn dawel
yng Nghoed y Brenin.
Yn dawel fel y bedd.
Doedd dim byd i'w glywed
ond sŵn traed yn cerdded at ogof.

And everything went quiet
in Coed y Brenin.
Quiet as the grave.
There was nothing to be heard
except footsteps walking towards a cave.

Pan welodd Llew Llaw Bach
yr ogof roedd ofn arno fe.
Roedd Arthur a'i farchogion
yn gorwedd yn yr ogof,
dan gloch enfawr.

When Llew Llaw Bach saw
the cave he was afraid.
Arthur and his knights
were lying in the cave
under a huge bell.

"Os bydd y gloch yn canu,"
meddai Llew, "bydd Arthur yn codi,
i achub Cymru."
"Twt lol!", atebodd y dewin,
yn syllu ar y trysor gwerthfawr
o'i gwmpas.

"If the bell rings," said Llew,
"Arthur will rise,
to save Wales."
"Nonsense," answered the wizard,
staring at the valuable treasure
around him.

Welodd y dewin ddim o'r gadair
yng nghysgodion yr ogof;
cadair wedi'i gwneud o bren y Groes.

The wizard did not see the chair
in the shadows of the cave,
a chair made from the wood of the Cross.

Welodd e ddim o'r Greal Sanctaidd,	He didn't see the Holy Grail,
wedi'i guddio dan glustog y Brenin cwsg.	hidden under the sleeping King's pillow.
Gwelodd e'r aur a'r arian	He saw the gold and the silver.
Gwelodd e'r gemau	He saw the gems.
Ond welodd e ddim o'r gwir drysor.	But he didn't see the true treasure.

Roedd ofn ar Llew,
ofn y Brenin Arthur a'i farchogion.
Dechreuodd e redeg at geg yr ogof
ond baglodd e dros un
o'r marchogion cwsg.
Tarodd e'r gloch â'i ffon.
Dechreuodd y Brenin ddeffro
"A ddaeth y dydd?" gofynnodd.
"Dim eto, cysgwch yn dawel Brenin."
atebodd Llew Llaw Bach yn gyflym.

"Dewch ymlaen dewin," meddai Llew
"mae'r lle yma'n beryglus,
ac mae digon o drysor 'da chi nawr."

"Twt lol!" atebodd y dewin eto,
"Does dim digon o drysor
yn y byd!"
A thaflodd e fodrwy at Llew.
Ond tarodd y fodrwy'r gloch,
a dechreuodd y Brenin ddeffro.

"A ddaeth y dydd?" gofynnodd Arthur.
"Dim eto Brenin, cysgwch yn dawel."
atebodd Llew Llaw Bach.

Llew was afraid,
afraid of King Arthur and his knights.
He started to run to the mouth of the cave
but he tripped over one
of the sleeping knights
He struck the bell with his stick.
The King started to awake.
"Has the day come?" he asked.
"Not yet, sleep softly King."
answered Llew Llaw Bach quickly.

"Come on wizard," said Llew
"this place is dangerous,
and you have enough treasure now."

"Nonsense!" answered the wizard again,
"There's not enough treasure
in the world!"
And he threw a ring at Llew.
But the ring hit the bell,
and the King started to wake.

"Has the day come?" asked Arthur.
"Not yet King, sleep softly."
answered Llew Llaw Bach.

"W i wedi cael digon, dewin,"	I've had enough, wizard,"
meddai Llew, yn crynu fel deilen,	said Llew, shaking like a leaf.
"w i'n mynd."	I'm going."
A cherddodd Llew	And Llew walked
at geg yr ogof.	towards the mouth of the cave
Ond wrth basio'r gloch cyffyrddodd e'r	But while passing the bell he touched
gloch â llawes ei got	the bell with the sleeve of his coat
a chanodd y gloch yn dawel bach.	and the bell rang very quietly.
Chlywodd Llew mo'r gloch.	Llew didn't hear the bell.
"A ddaeth y dydd?"	"Has the day come?"
sibrydodd y Brenin.	whispered the King.
Ond chlywodd Llew ddim o'r llais.	But Llew did not hear the voice.
Does neb yn gwybod	No-one knows
beth ddigwyddodd	what happened
i Llew Llaw Bach a'r dewin,	to Llew Llaw Bach and the wizard,
ond ddaethon nhw ddim allan o'r ogof.	but they didn't come out of the cave.
A does neb wedi darganfod	And no-one has discovered
yr ogof eto;	the cave again;
neb ar dir y byw.	no-one in the land of the living.
Ond unwaith yn y pedwar amser	But once in a blue moon
mae cloch yn canu yn y coed,	a bell rings in the wood
ac mae sŵn dail dan draed	and a sound of leaves underfoot
yn sibrwd yn y nos.	whispers in the night.

Hefyd ar gael/Also available
By William Brown & Colin Jones

Elastic Black Dog

From an original nightmare by Carys Brown

"I warn you know, my furry friend, there are no dreams in Dogtown. Only the half-remembered reflections of the starts through the rainy haze over Paternity Hill on Mediocrity Day."

An oddity of delights

Llyfrau gan/Books by Colin Jones

Simple Welsh in an Hour of Your Time
Coed y Brenin
Cwm Gwrachod
Rarebits for Welsh Learners
The Cadw Sŵn Complete Welsh Course

"I often think that, if there were some way of learning Welsh painlessly and overnight – perhaps by placing a disk under one's pillow and waking up in full command of the language, most people in Wales would eagerly try it. Alas, there's no such magic technology – not yet. But a new technique on the market is the next best thing. Cadw Sŵn consists of ten CDs and a handsome course file designed to take you from absolute beginning to reasonable fluency in Welsh... ...you may find that you can pick up Welsh more quickly than you thought."

Meic Stephens, reviewing Cadw Sŵn in The Western Mail.

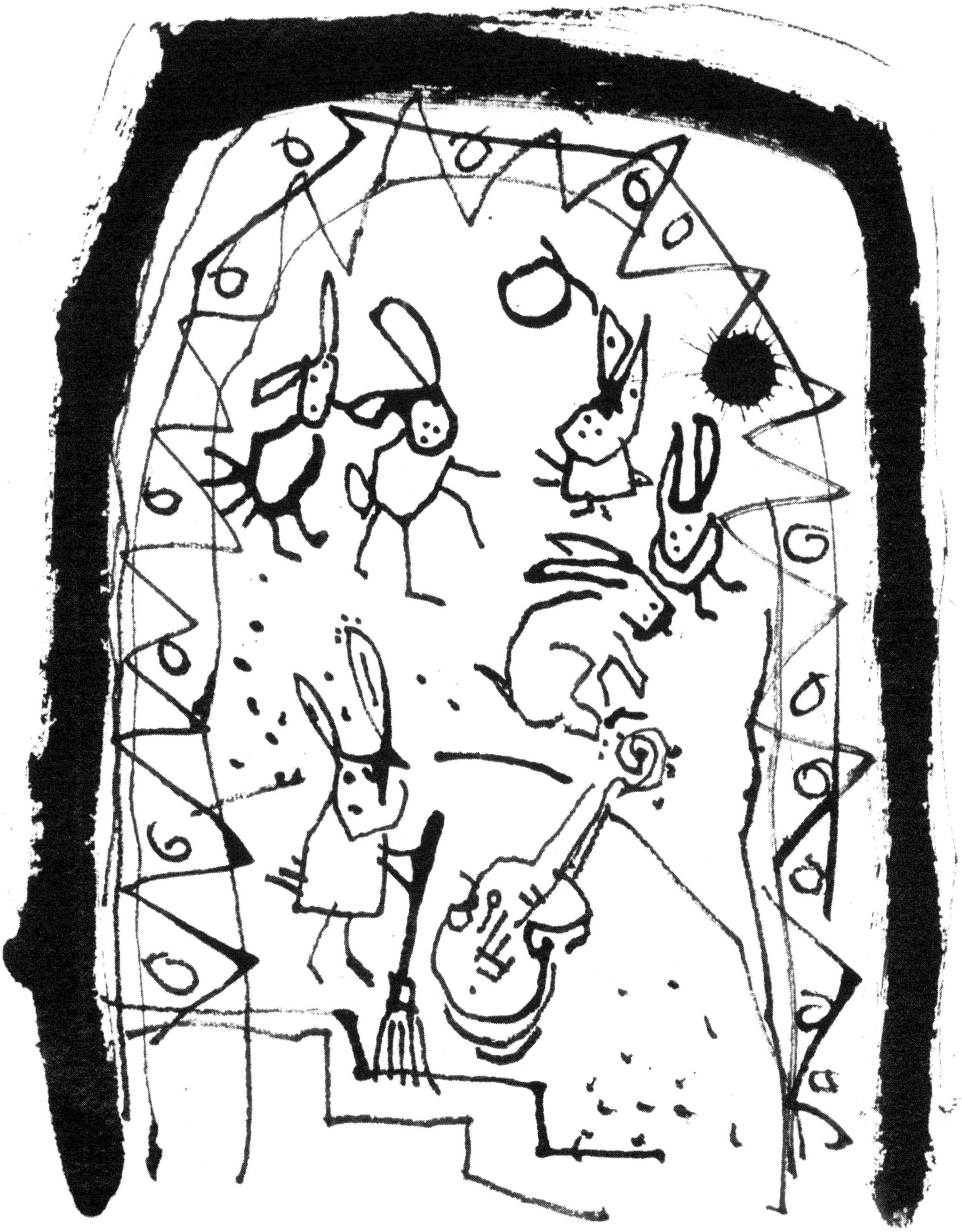

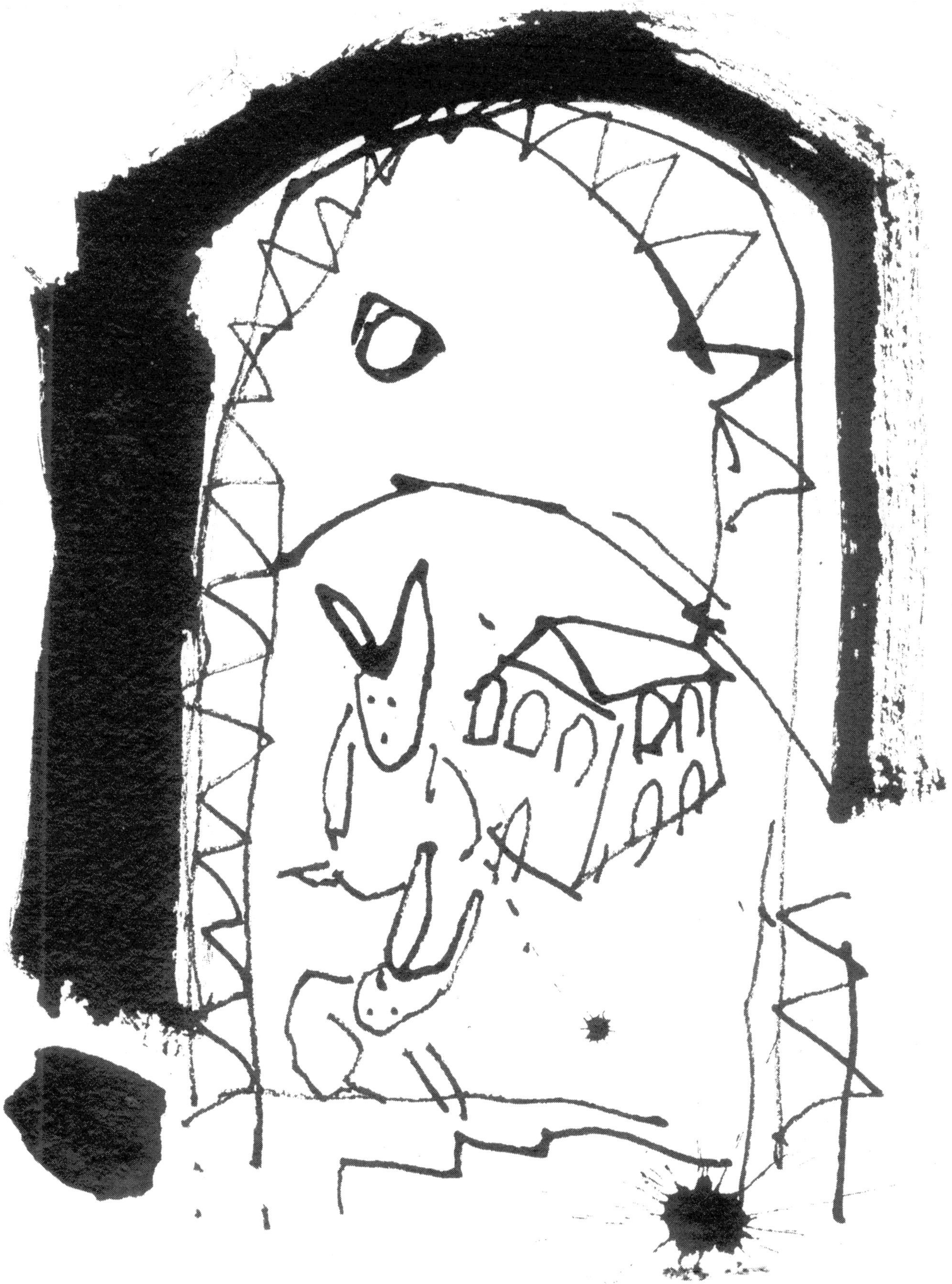

Printed in Great Britain
by Amazon